L'île mystérieuse

FichesdeLecture.com

L'île mystérieuse (Fiche de lecture)

I. INTRODUCTION

L'Île mystérieuse est un roman de Jules Verne. Il paraît pour la première fois en 1874, et réintroduit le personnage du Capitaine Nemo, constituant ainsi une suite à *Vingt mille lieues sous les mers*, malgré les différences importantes entre ces œuvres.

II. RÉSUMÉ DE L'ŒUVRE

Le roman raconte les aventures d'un groupe de personnes abandonnées à leur sort sur une île déserte du Pacifique Sud.

L'histoire débute pendant la Guerre de Sécession, en particulier au moment du siège de Richmond, en Virginie (qui est alors la capitale des États confédérés). La région est dévastée par la famine et les morts. Cinq personnes décident alors de s'échapper en ballon : il s'agit de l'ingénieur Cyrus Harding, de son serviteur Nabuchodonosor « Nab », du reporter Gédéon Spilett, du marin Pencroff et du jeune Harbert. Nous reviendrons plus en détail sur leurs portraits dans la deuxième partie de ce document. Le groupe est accompagné du chien de Cyrus, Top.

Ils volent plusieurs jours et essuient des vents violents. Le ballon finit par s'écraser sur une île déserte et volcanique, qui bien que fictive serait quelque part au large de la Nouvelle-Zélande. L'île est baptisée « Lincoln » par les personnages.

La vie s'organise sur l'île, en particulier grâce aux talents de Harding. Ensemble, les personnages font du feu, élaborent un four à poterie, et même une sorte de télégraphe électrique, ou encore une embarcation. Ils vivent dans la maison qu'ils se sont aménagée, « Granite House ».

Les éléments naturels s'acharnent souvent contre eux : ouragans, séismes, éruptions...

Par la suite, ils domestiquent un orang-outan, Jupiter ou « Jup ».

Mais leur aisance à s'adapter à l'île est assez mystérieuse, et plusieurs éléments restent inexpliqués, laissant presque croire que quelque chose ou quelqu'un veille sur eux. Par exemple, ils trouvent une boîte remplie de matériel (munitions, outils, etc.), un message dans l'eau, une balle dans la dépouille d'un porc, etc.

Après avoir, justement, trouvé un message dans une bouteille, les héros décident d'utiliser leur petit bateau pour partir explorer les alentours, en particulier l'île Tabor, qui abriterait un naufragé. Ils y trouvent Ayrton, un bandit qui vit là comme une bête sauvage, et lui permettent de revenir peu à peu à la vie civilisée, ainsi qu'à trouver la rédemption. Le retour à leur île est très difficile, car une tempête les désoriente. Toutefois, ils retrouvent leur chemin grâce à un foyer que personne, pourtant, n'a pu allumer.

Un peu plus tard, l'ancien équipage de pirates d'Ayrton débarque sur l'île Lincoln pour l'utiliser comme leur repaire. Un combat s'engage avec les héros du roman et, subitement, le navire pirate est détruit par une explosion ; la plupart des pirates meurent, sauf qu'ils n'ont pas de traces visibles de blessures de combat... Six d'entre eux ont survécu, et parviennent à blesser Harbert d'une balle.

Le jeune homme se remet peu à peu de sa blessure, avant d'être victime de malaria. Il n'est sauvé que grâce à la miraculeuse apparition d'une boîte de quinine.

Le mystère sur l'île est levé un beau jour, lorsqu'elle se révèle être le repaire du Capitaine Nemo, et donc port d'ancrage du Nautilus...

On apprend alors qu'après avoir échappé à la terrible tornade de la fin de *20 000 lieues sous les mers*, le Nautilus et son capitaine ont navigué à travers les mers jusqu'à ce que tous les membres de l'équipage soient morts, à l'exception de Nemo.

Pendant tout le roman, c'est donc le capitaine qui a été le sauveur du petit groupe, en leur fournissant discrètement du matériel, le message menant à Ayrton, en attaquant le vaisseau pirate...

Sur son lit de mort, Nemo révèle sa véritable identité : fils d'un rajah indien. Après la révolte des Cipayes, il s'échappe vers une île avec un équipage dévoué, afin de construire le Nautilus.

Nemo raconte toute sa vie aux protagonistes puis il meurt. On saborde ensuite le Nautilus pour lui faire une tombe en son honneur.

L'île explose lors d'une éruption volcanique. L'orang-outan meurt, et les héros, que Nemo avait avertis, se réfugient sur le dernier rocher de l'île au-dessus du niveau de la mer. Ils sont secourus par le *Duncan*.

III. PRÉSENTATION DES PERSONNAGES

(Attention : les noms peuvent varier selon les traductions).

Cyrus Smith

On le trouve dans certains textes sous le nom de « Harding ».

Ingénieur (dans les chemins de fer), il est le savant du groupe des rescapés. Il en devient le leader naturel, et permet à ses comparses de faire du feu, etc.

Son chien Top les accompagne.

Gédéon Spillet

Reporter de guerre, c'est un homme décrit en ces termes : *« de haute taille. Il avait quarante ans au plus. Des favoris blonds tirant sur le rouge encadraient sa figure. Son œil était calme, vif, rapide dans ses déplacements. C'était l'œil d'un homme qui a l'habitude de percevoir vite tous les détails d'un horizon. Solidement bâti, il s'était trempé dans tous les climats comme une barre d'acier dans l'eau froide. »*

Pencroff

En réalité Bonaventure Pencroff, le marin est un homme doué manuellement, quelle que soit la tâche requise.

Harbert Brown

Tout jeune homme âgé d'une quinzaine d'années, Harbert est recueilli et pris en charge par Pencroff après la mort de son père, l'ancien capitaine du marin.

Harbert est très doué en botanique, et désireux d'apprendre dans les autres domaines.

Nabuchodonosor

On l'appelle « Nab ». Il est le serviteur noir de Cyrus, un ancien esclave que ce dernier aurait affranchi.

Ayrton

Pirate repenti, Ayrton est retrouvé sur une île au large de Lincoln, l'île Tabor. Cela fait des années (une douzaine) qu'il y vit seul, et il s'est presque transformé en bête sauvage.

Ayrton a donc vécu dans l'isolement le plus total, et cela a des conséquences importantes sur sa psychologie et son physique. Lorsque les héros le découvrent, ils ont en face d'eux un « homme des bois », qui ne parle plus mais émet des sons de bête, ne sait plus faire de feu ou autres activités nécessitant l'intellect humain : « toutes les qualités physiques s'étaient développées chez lui au détriment des qualités morales ». Ayrton est comme abruti, passif, non réactif face à ces hommes qui le retrouvent.

Cela n'empêche pas les héros de le considérer comme un être humain : « l'âme ne meurt pas (…) c'est l'isolement qui l'a fait ce qu'il est ». Et en effet, Ayrton retrouve peu à peu la raison au contact de ses nouveaux compagnons. Et un jour, il redevient un homme à part entière : « il s'était refait homme par les larmes ». Toutefois, ses relations avec les autres individus resteront toujours difficiles d'un point de vue comportemental.

Ayrton est, de plus, la figure qui incarne la faute passée et la rédemption. Ancien pirate repenti, il trouve le pardon avec l'humanité, en particulier lorsqu'il sauve l'un des rescapés sur le point d'être tué par un jaguar.

Le Capitaine Nemo

Il est le célèbre capitaine du Nautilus dans *20 000 lieues sous les mers*. En latin, son nom signifie « personne ». Le roman étudié permet d'en apprendre plus sur l'histoire personnelle du capitaine (originaire des Indes) et de sa quête à travers les mers, ce que le premier opus ne faisait qu'effleurer.

Ici, il est le sauveur du groupe.

IV. AXES DE LECTURE

Représentations de l'humanité

L'Île mystérieuse développe en profondeur le thème de l'humanité. Jules Verne propose notamment deux trajectoires inversées puis qui se rejoignent, celles de Jup et d'Ayrton.

Ainsi, Ayrton est un homme, mais qui par des années d'isolement en est venu à adopter un comportement animal, voire bestial. À l'inverse, l'orang-outan adopté par la petite communauté prend peu à peu, dans le roman, des traits qui lui confèrent un statut quasi humain.

Cela nous apprend plusieurs choses sur la conception de l'humanité par Jules Verne :

- il paraît considérer que le seul contact assidu de la civilisation est un instrument très fort d'humanisation. C'est aussi ce que comprendra le capitaine Nemo au moment de sa mort, lui qui avait agi en misanthrope toute sa vie.

- à l'inverse, s'éloigner de la civilisation fait renouer l'être avec la bestialité, la nature animale.

On note d'ailleurs qu'à ce propos, Verne a affirmé à son éditeur (le célèbre Hetzel) qu'il considérait qu'au-delà d'une décennie dans la solitude, un homme se transformait en bête. C'est l'un des reproches adressés au personnage de Robinson Crusoé.

Une critique de Robinson ?

Depuis le roman de Defoe, le mythe développé autour de Robinson Crusoé a fortement marqué la réflexion de Jules Verne.

Mais si l'écrivain s'est appuyé sur ce modèle de refondation d'une société, c'est pour mieux s'en détourner ensuite et avancer ses propres réflexions. Le désaccord de base entre les deux auteurs est que Verne considère que Robinson, après 25 ans d'isolement, ne pouvait rester humain dans son comportement. C'est avec Ayrton qu'il va répondre à ce modèle.

Mais l'*Île mystérieuse* est surtout un roman de refondation par le progrès et la technique, par des naufragés qui n'ont d'autre choix que de s'adapter à leur environnement. Nous sommes presque, d'ailleurs, à un stade de colonisation de l'île.

Le choix insulaire

L'île est un élément important dans le choix de Jules Verne. En cela, il rejoint les auteurs d'utopie et de récits de voyage.

C'est généralement au cœur de ces îles, imaginaires ou non, que se créent de petites sociétés servant de base à une utopie ou à une dystopie. Il y a un caractère pur, non contaminé par l'extérieur, qui permet à ce topos de développer des idées plus facilement.

Mais c'est aussi le lieu d'un enfermement, car c'est un monde coupé du reste de l'univers. C'est alors le moment de s'essayer à la création d'ordres nouveaux.

La science, un thème récurrent

Comme dans toute l'œuvre de Jules Verne, la science et la technique sont des éléments fondamentaux du roman.

Cela passe par plusieurs dimensions :

- la foi dans le progrès et la civilisation humaine capable de coloniser en s'appropriant les choses (par exemple, lorsque Cyrus nomme les endroits de l'île)

- la réflexion sur de nombreuses techniques : le feu, les mesures, la métallurgie, l'électricité, la communication, et même un ascenseur pour Granite House...

La technique est inséparable d'une bonne connaissance de la nature, ce qui est souligné par le personnage de l'adolescent Harbert, qui a une grande connaissance de la botanique. Toutefois, cette nature peut être très hostile et dangereuse : éruptions, ouragans, etc.

La survie des personnages passe donc par leur ingéniosité à remettre en œuvre les connaissances techniques de leur siècle, à l'image de Smith (dont le nom signifie Forgeron en anglais...).

Pour conclure, notons que la technique n'est pas contraire à la recherche d'une dimension sacrée dans la vie quotidienne, que vont d'ailleurs chercher à élucider les personnages.

Dans la même collection en numérique

Les Misérables
Le messager d'Athènes
Candide
L'Etranger
Rhinocéros
Antigone
Le père Goriot
La Peste
Balzac et la petite tailleuse chinoise
Le Roi Arthur
L'Avare
Pierre et Jean
L'Homme qui a séduit le soleil
Alcools
L'Affaire Caïus
La gloire de mon père
L'Ordinatueur
Le médecin malgré lui
La rivière à l'envers - Tomek
Le Journal d'Anne Frank
Le monde perdu
Le royaume de Kensuké
Un Sac De Billes
Baby-sitter blues
Le fantôme de maître Guillemin
Trois contes
Kamo, l'agence Babel
Le Garçon en pyjama rayé
Les Contemplations

Escadrille 80

Inconnu à cette adresse

La controverse de Valladolid

Les Vilains petits canards

Une partie de campagne

Cahier d'un retour au pays natal

Dora Bruder

L'Enfant et la rivière

Moderato Cantabile

Alice au pays des merveilles

Le faucon déniché

Une vie

Chronique des Indiens Guayaki

Je voudrais que quelqu'un m'attende quelque part

La nuit de Valognes

Œdipe

Disparition Programmée

Education européenne

L'auberge rouge

L'Illiade

Le voyage de Monsieur Perrichon

Lucrèce Borgia

Paul et Virginie

Ursule Mirouët

Discours sur les fondements de l'inégalité

L'adversaire

La petite Fadette

La prochaine fois

Le blé en herbe

Le Mystère de la Chambre Jaune

Les Hauts des Hurlevent

Les perses

Mondo et autres histoires

Vingt mille lieues sous les mers

99 francs

Arria Marcella

Chante Luna

Emile, ou de l'éducation
Histoires extraordinaires
L'homme invisible
La bibliothécaire
La cicatrice
La croix des pauvres
La fille du capitaine
Le Crime de l'Orient-Express
Le Faucon malté
Le hussard sur le toit
Le Livre dont vous êtes la victime
Les cinq écus de Bretagne
No pasarán, le jeu
Quand j'avais cinq ans je m'ai tué
Si tu veux être mon amie
Tristan et Iseult
Une bouteille dans la mer de Gaza
Cent ans de solitude
Contes à l'envers
Contes et nouvelles en vers
Dalva
Jean de Florette
L'homme qui voulait être heureux
L'île mystérieuse
La Dame aux camélias
La petite sirène
La planète des singes
La Religieuse

À propos de la collection

La série FichesdeLecture.com offre des contenus éducatifs aux étudiants et aux professeurs tels que : des résumés, des analyses littéraires, des questionnaires et des commentaires sur la littérature moderne et classique. Nos documents sont prévus comme des compléments à la lecture des oeuvres originales et aide les étudiants à comprendre la littérature.

Fondé en 2001, notre site FichesdeLectures.com s'est développé très rapidement et propose désormais plus de 2500 documents directement téléchargeables en ligne, devenant ainsi le premier site d'analyses littéraires en ligne de langue française.

FichesdeLecture est partenaire du Ministère de l'Education du Luxembourg depuis 2009.

Plus d'informations sur www.fichesdelecture.com

Notes :